IMAGINE ALICE

JEANNETTE WARD

Illustré par Raphaëlle Michaud

DANS LA MÊME COLLECTION

- *Abracadabra,* de Corinne Laven
- *Destination Hawaii,* de Claire Davy-Galix
- *Double Duel,* de Nancy Boulicault
- *Fair Play,* de Manu Causse
- *Hotel Safari,* de Claire Davy-Galix
- *Joséphine & Jack,* de Evelyne Peregrine
- *Karni Mata,* de Jeannette Ward
- *Melting Potes,* de Davina Rowley
- *romeo@juliette,* de Manu Causse
  Version audio téléchargeable sur www.talentshauts.fr
- *Secret Divorce,* de Sophie Michard
- *Surprise Party,* de Alice Caye
- *Train 2055,* de Alice Caye

L'Éditeur tient à remercier particulièrement :
  – Madame Michèle Courtillot, professeure agrégée, chargée
  de mission auprès du recteur de l'Académie de Paris ;
  – Madame Sabine Delfourd, professeure des écoles à l'École
  active bilingue Monceau, Paris ;
  – Madame Martina McDonnell, enseignante-chercheuse
  au département de Langues et Sciences humaines de l'Institut
  national des Télécommunications (INT), Évry ;
  pour leurs précieux conseils.

Avec la participation de Regan Kramer.

Création graphique : Zoé Production

Chapitre 1
Les flèches rêveuses

– Ce n'est pas juste ! Léa est allée en Australie toute seule, et moi je dois toujours être avec vous.

– Alice, ta cousine a vingt-deux ans.

– Mais Papa, l'Angleterre, ce n'est pas loin… En plus je serai avec Léa, et l'anglais, c'est important.

– Qu'en penses-tu ? Quinze jours c'est un peu long et elle est bien jeune…

– Mais Papa ? Maman ?

– Dans un mois, Alice aura treize ans. Tu sais bien que l'anglais est sa matière préférée, elle est toujours à s'exercer avec son CD, elle essaie même de lire le *Alice au pays des merveilles* que Léa lui a rapporté d'Oxford en version originale. Et puis Léa est quelqu'un de très responsable.

– Alice, nous allons y réfléchir. Tu n'as pas un devoir à faire ? Un exposé* pour un de tes cours ?

– Oui, en anglais. Justement on doit choisir une ville qu'on aimerait visiter. Moi, j'ai pris Oxford. C'est là que Léa veut m'emmener.

– Léa t'en a parlé ?

– Oui, et ça a l'air super bien ! Pour mon exposé,

est-ce que je peux aller voir sur Internet? Je trouverai plus de choses sur Oxford.

– D'accord, mais ne reste pas devant l'ordinateur jusqu'à 11 heures, comme l'autre soir.

«Bon, alors Oxford… *The City of Dreaming Spires*… Voyons dans mon dico*… Ah, voilà… "*Spire*: flèche, ex. la flèche de l'église"… en français, ça donne: La ville des flèches rêveuses… Hum… un peu bizarre… Ça serait quand même hyper bien d'y aller avec Léa… Tiens! Il y a un plan… l'Université… ses Colleges… Christ Church… Harry Potter… Alice au pays… ça je le sais, Léa m'en a parlé… Ashmolean… Musées… Blenheim Palace… Churchill… Tiens, Naby qui miaule… T'es où mon gros Minou? Pff… Ce qu'il fait chaud… Maman va sûrement le convaincre…»

Dans le hall d'embarquement à l'aéroport de Roissy, Alice est assise à côté de sa cousine Léa.

– J'étais sûre que Maman finirait par convaincre Papa! lui dit Alice. Et toi, tu vas souvent à Londres?

– Oui assez, depuis que Daph, ma copine anglaise, y vit. Elle est venue à Paris avec son copain en avril.

– Oui, je m'en souviens. Elle m'a dit que je parlais bien l'anglais, mais elle voulait peut-être être polie?

– Non, non, je crois que tu as un très bon niveau.

– Tu sais, j'ai été à Londres avec ma classe l'année dernière. C'était sympa, mais avec les profs, c'était toujours des recommandations ou des réflexions du genre: «Ne vous éloignez pas», «Soyez polis»…

«Tandis qu'avec Léa, c'est comme être avec une grande copine», pense Alice. Elles ont regardé ensemble sur Internet pour réserver leurs billets d'avion et une chambre à Oxford.

– C'est grand Oxford ?

– Non pas très, mais il y a plein de choses à y découvrir. Alice, celle du pays des merveilles, y est née.

– Oui, j'ai lu ça quelque part.

– Et son auteur, Lewis Carroll, était prof de maths à l'Université d'Oxford.

– Un prof de maths qui a écrit une histoire pour enfants ? Ça, c'est plutôt bizarre.

Alice essaie d'imaginer Monsieur Touffeau, leur prof de maths au collège, écrivant des histoires : impossible ! La voix du haut-parleur annonce l'embarquement immédiat.

– C'est nous !

Devant The Green Field House, où Alice et Léa viennent d'arriver, un gros chat roux tigré ronronne. Alice, qui adore les chats (et les chiens, les loups, les tigres et... les dinosaures !), s'accroupit pour le caresser.

– *Its name is Chesh,* lui dit Mrs Cusshed, l'hôtesse de la maison, qui vient d'ouvrir la porte.

– *Miaow do you do?* dit Chesh.

– *Do come in. What's your name, young lady?* demande Mrs Cusshed à Alice.

– Alice, répond Alice, euh, *your cat...* ajoute-t-elle.

Mais Mrs Cusshed continue :

– *My my! That name suits* you to a T, you are her spitting image!*

– Euh... oui... euh... *Yes, thank you...*

Dans leur chambre, alors qu'elles défont leur valise, Alice demande à Léa :

– Tu crois que les chats anglais miaulent avec un accent ? Et puis Mrs Cusshed a dit que je lui ressemblais...

– Au chat ? Ha ! Ha ! Ha ! Je pense qu'elle voulait dire que tu ressembles à Alice, celle de l'histoire ! Qu'est-ce que tu dirais d'un petit *five o'clock tea* ?

– Oh super ! Pendant le cours d'anglais, on a appris que pour le thé, à cinq heures, on sert des scones, avec de la crème fraîche, de la confiture de fraises et du thé bien sûr.

– La dernière fois que je suis venue à Oxford avec Daph, nous avons été dans un salon de thé pas très loin d'ici, tu vas voir c'est super sympa. Allez, on y va.

– Les serveuses sont chic, chuchote Alice à sa cousine, dans le confortable salon de thé où elles viennent de s'asseoir. Je peux commander ?

– D'accord. On prend du thé et des scones ?

– Bon alors, j'y vais… *Tea and scones for two, please*, commande-t-elle à la serveuse.

– *Thank you*, lui dit celle-ci en souriant.

– T'as vu ? Elle a tout compris.

– Oui, tu as un très bon accent.

– Ça va être cool de pouvoir parler anglais avec les gens. On commence à visiter Oxford quand ?

– Il est un peu tard aujourd'hui. Demain ?

Un jeune homme, assis à la table à côté de la leur et portant d'étranges vêtements blancs de style ancien, referme le livre qu'il lisait et leur demande :

– C'est la première fois que vous visitez Oxford ?

– Pour ma cousine, c'est la première fois, mais moi j'y suis déjà venue. J'aime beaucoup les Colleges.

– En fait, il y a deux Oxfords, dit le jeune homme, les Colleges de l'Université – là où les étudiants habitent et assistent à certains cours – et la ville, qui est plus commerciale.

– Vous parlez vraiment bien le français.

– Merci. Et vous le voyez, je ne perds jamais l'occasion de m'améliorer. Je vis ici à l'Université. Je m'appelle W. Tibbar, mais tout le monde m'appelle W. T. Et vous ? Comment vous appelez-vous ?

– Léa, et ma cousine…

– *My name is Alice.*

– Alice ?… Bien sûr ! Alice, aimez-vous les *tea parties* ?

– Euh… dit Alice.

– Vous savez dans nos Colleges ici à Oxford, nous avons conservé beaucoup de nos coutumes d'autrefois, comme par exemple les *tea parties*. À Christ Church, mon College, il y en a justement une d'organisée demain, je vous y invite toutes les deux si… Oh, excusez-moi !

Un portable sonne, W. T. tire le sien de sa poche, le regarde, prend son livre et se lève en disant :

– *Oh dear…* Excusez-moi ! Je vais être en retard ! N'oubliez pas demain !… À trois heures… *Oh dear…*

– Il est bizarre, ce W. T., dit Alice après le départ précipité du jeune homme. On va quand même aller à cette *Tea Party* à Christ Church College, demain ?

– Oui, je suis sûre que ce sera intéressant. Lewis Carroll y enseignait. W. T. va sûrement nous en parler.

– C'est embêtant qu'il nous parle en français. Ça serait mieux en anglais, pour m'améliorer.

– Hum… J'ai une idée, si nous parlions en anglais le plus souvent possible pendant notre séjour ? De cette façon, tu ferais sûrement beaucoup de progrès. C'est un défi, tu t'en sens capable ?

– Oh super ! En tout cas, je peux essayer.

Chapter 2

A Strange Tea Party

"Good morning, my dears," Mrs Cusshed says.

"Good morning, Mrs Cusshed," Alice and Léa reply.

A wonderful smell of bacon fills the air as they enter the dining room.

"Please help yourselves, my dears. I have prepared a full English breakfast, but you can help yourselves to as much tea and toast as you like if you prefer a more continental breakfast," Mrs Cusshed says, hovering around Alice and Léa with warm plates in her hands.

"Thank you Mrs Cusshed," says Alice.

"You're very welcome, my dear. Alice, there's bacon on this plate and eggs on this one. Sausages? Tomatoes?" Mrs Cusshed asks.

"Euh… Just a small slice of bacon with an egg and some toast, and tea with milk please," Alice says.

"Is this small slice of bacon enough?"

"Yes, thank you, Mrs Cusshed."

"So, where will you be starting your visit of Oxford?" Mrs Cusshed asks.

"I think we'll start by climbing to the top of the Carfax Tower," Alice says.

"Oh, very good idea! I hope you have a nice day," Mrs Cusshed replies.

Twenty minutes later, Alice and Léa are out of breath on top of Carfax Tower, admiring the view.

"Splendid, don't you think?" a man says. "We can see the whole of Oxford from up here. Allow me to introduce myself, I'm Mr Semoudor."

"I'm Léa, and this is Alice."

"Hello," Alice says, "*Eh Léa, regarde c'est W. T. !*" she says pointing down at the ground.

And indeed down below they see a man dressed in white hurrying along. He stops now and then to look at something he is carrying in his hand.

"Yes, I do believe you're right, it's him, in a hurry as usual," Mr Semoudor says.

"Do you know him?" Alice asks.

"Yes, we are acquainted*."

Just then the Carfax Tower clock strikes eleven.

"Maybe he has an important lunch date, with a mysterious stranger," Alice says. "*On le suit?*" she adds, glancing at Léa.

"My little cousin has a very active imagination! He's probably just late for a lecture* or something," Léa says, smiling.

But she glances back at Alice, hurriedly says good-bye to Mr Semoudor, then rushes off to the staircase and down the stairs, quickly followed by Alice. They manage to follow W. T. for a while, but suddenly they lose sight of him. He seems to have vanished into thin air.

When they reach the entrance of Christ Church College at three o'clock, they are greeted by a very stern looking porter in a bowler* hat who asks them, "For the Tea Party? Do you have an invitation?"

"Yes, W. T… Mr Tibbar invited us."

"Well in that case, you'd better take this corridor and follow the arrows to the quadrangle*."

The quadrangle they enter is in fact a beautiful garden. People are standing around chatting on the lawn or are seated at tables drinking tea and eating cakes and scones. Just like W. T., they are wearing clothes which seem to date back to a different era.

"I can't see W. T., can you?" Alice asks.

"If you would please follow me," says a butler*, who leads them to a long white table covered with plates of tiny sandwiches and all manner of cakes.

A waitress has just finished serving them a cup of tea, when a man carrying a walking stick approaches.

"Good afternoon, allow me to introduce myself, I'm Mr Oddo. And you are?"

"This is Alice, and I'm Léa," says Léa.

"Ah yes, Alice! You are just in time for the race," Mr Oddo says.

"But we thought it was a Tea Party!"

"Well, you can't have a Tea Party without a race," Mr Oddo points out.

"That all depends on the prize," says Mr Semoudor who is standing nearby. "How very nice to meet you again," he adds.

"Are you sure you're Alice?" says another man smoking a strange pipe.

"Yes I am," Alice says.

"Then please prove it," says the man with the pipe.

"My dear Larpilterca, do stop bothering these young ladies. Can't you see they are not from these parts and have no idea what's going on?" Mr Oddo says.

"I think I understand, but I'm not sure…" Léa says.

"Well, do you or don't you?" Mr Larpilterca asks, puffing on his pipe. "It's best to be sure of such things."

"Well, it reminds me …" Léa starts to say.

"Do you speak English?" Mr Semoudor suddenly asks Alice.

"Yes."

"Of course you do, silly me!"

"But I'm French, so…"

"You see what I mean," Mr Larpilterca says interrupting. "Just as I thought, they are foreigners, so they can't REALLY understand."

"Yes, I can, uh… not everything of course. But it's quite good for me to practise my English with you, you see."

"See? Yes, of course I see! Do I look like I can't see? I'm not a bat! I also understand that you are treating us like guinea pigs!"

"Well, uh… no…" Alice says, starting to feel

uncomfortable about the turn the conversation is taking.

"Ha! Ha! Ha! Don't give it another thought my young friend!" Mr Oddo says.

"Yes," adds Mr Semoudor. "Don't give it another thought, just enjoy the Tea Party. You know, once a year, we all get together and everybody from the…"

"Sshh! Mr Semoudor, it's almost time, he should be here any minute now," says Mr Oddo.

At that very instant, a man in a top* hat rings a bell.

"Now, Ladies, Gentlemen, the riddle or rather, I should say – The Riddle!"

"*Une* riddle *est une devinette,*" Léa whispers to Alice.

The man in the top hat goes on, "Ladies and gentlemen, our guest of honour…"

From the other end of the garden, a young man dressed in white from head to toe walks towards the guests.

"W. T.!" Alice cries out.

There is a loud burst of applause, while W. Tibbar bows to the guests. He clears his throat three times, looks at his mobile phone twice, then finally says, "Ladies and gentlemen, as on every fourth of July since the death of our dear departed Master one hundred and eleven years ago, I shall ask our guests to solve the riddle which he passed down to us. I hope that once again… Well, I shall be brief, so here it is, the riddle is, 'Why is a raven* like a writing desk?' You have thirteen days to find the answer, if you fail, then in the words of one whom I knew well, 'Off with their heads!'"

Everybody bursts out laughing, but Alice and Léa stare at each other in disbelief.

Chapitre 3
La question

– Alice, c'est ton portable qui sonne?

– Oui. C'est Maman! Maman? Oui ça va… On est allé à une *Tea Party* à Christ Church College… C'était marrant, le portier avait un chapeau melon… Oui… Il y avait un majordome*, on se serait cru à Moulinsart*!… Je n'ai pas tout compris, Léa non plus… La devinette était vraiment… En anglais… On a vu le Great Hall du College, tu sais, là où ils ont tourné le film… Oui… Non, non, c'est bon… Oui, c'est vraiment bien… C'est une grande maison avec un grand jardin… Tu sais ici, il y a un chat, on dirait vraiment Naby, roux et tout rayé… Il s'appelle Chesh… Mais non, pas CHURCH, Pff! CHESH! Comme dans Cheshire!… Oui, d'accord… Gros bisous. À Naby et à Papa aussi… Oui, je te la passe.

– Allô, Tata?… Oui, ça va bien… Non, ne t'inquiète pas, tout se passe très bien et il fait super beau… Mais non je t'assure, il fait même très chaud… Oui, on a plein de choses prévues… Oui… Merci. Gros bisous à toi et à Tonton.

– *It's such a lovely day, would you like to take your breakfast in the garden?* demande Mrs Cusshed.

– *Yes, that would be nice*, répond Léa.

– Mrs Cusshed t'a demandé si on voulait prendre le petit déjeuner au jardin ?

– Oui, dit Léa. Mais tu sais, j'ai l'impression que tu te débrouilles vraiment bien en anglais !

– Tu trouves ? L'accent de Mrs Cusshed est un peu différent de celui dans mon CD, mais pas tellement… Oh, attends ! J'ai un texto* d'Aude !

– Aude ?

– C'est ma copine du collège.

– Ah, d'accord.

– Tu sais la ville qu'elle a choisie, pour son exposé ?

– Non, mais tu vas me le dire.

– Elle a choisi Wangi Wangi !

– J'en ai entendu parler, quand j'étais en Australie ! C'est une toute petite ville sur les rives du Lac Macquarie… Pourquoi l'a-t-elle choisie ?

– Elle trouve les autres villes trop banales. Mais moi, je crois que c'est aussi pour le nom. C'est vrai qu'il est rigolo le nom, tu ne trouves pas ?

Alice et Léa s'installent dans le jardin, d'autres pensionnaires* de la Green Field House y sont déjà attablés sous de grands parasols verts.

– *Doug, will you please stop making that awful noise!*

Un garçon aux yeux rieurs, à peu près de l'âge d'Alice, est assis à la table d'à côté. Malgré les remontrances de sa mère, il continue de pousser des petits grognements qui ressemblent si bien à des grognements de cochon qu'Alice éclate de rire. Doug lui sourit.

– *Hi,* lui dit-il, en passant près d'elle, lorsqu'il se lève de table.

– *Hi,* lui répond Alice.

Puis il sort du jardin avec ses parents.

Après leur petit déjeuner, Léa propose à Alice :

– Si on allait visiter d'autres Colleges, ce matin. Il y a All Souls, Trinity, Hertford…

Alice fait la moue et suggère :

– Il y a aussi le muséum d'histoire naturelle.

– Oui, et toi qui aimes les dinosaures, tu te régaleras, dit Léa. Certains ont même été découverts dans la région, continue-t-elle.

– Alors, on y va ! Il paraît qu'il y a des empreintes de pattes de dinosaures devant le musée. Imagine des dinosaures marchant dans les rues d'Oxford ! Tiens, voilà Chesh. Viens mon bon gros Minou !

– Ensuite, avec cette chaleur, ça serait agréable de louer une barque pour aller pique-niquer sur les berges de la Cherwell River. Tu vois, sur le plan : elle longe l'University Park… Alice ?

– Oui… Il est beau, Chesh, tu ne trouves pas ? Presque aussi beau que Naby. Et on dirait qu'il rigole. Tu crois que ça parle les chats ?

– *Miaow… Of course*, dit Chesh.

– T'as entendu ? dit Alice.

– Oui, euh non… je ne sais pas… mais qu'est-ce que tu penses de la balade en barque et du pique-nique ?

– Super ! Tu crois qu'il y avait des chats à l'époque des dinosaures ?

– Je ne pense pas.

Quand Alice et Léa sortent du musée, Alice ne tarit pas.

– C'est trop drôle de penser que les oiseaux sont des descendants de dinosaures ! Je crois que je veux être paléontologue* ou… vétérinaire. T'as vu la tête du dodo, il me rappelle…

– Hello, Alice ! Hello, Léa !

Elles se retournent, c'est W. T. !

– Vous n'auriez pas vu mon livre ?

– Non, quand l'avez-vous perdu ?

– À l'instant.

– Ici ?

– Bien sûr, mais là n'est pas la question. Réfléchissez à la question. C'est très important. Je dois y aller ou je vais être en retard, dit-il et, tirant son portable de sa poche, il s'éloigne en courant.

– Léa, qu'est-ce qu'il veut dire, réfléchir à quelle question ?

– Je n'en suis pas sûre, ma cocotte, peut-être qu'il veut parler de… Tiens ! Regarde, il y a un livre sur la pelouse, avec les initiales W. T. gravées dessus.

– EH ! VOTRE LIVRE ! crie Alice qui a ramassé le livre et court pour essayer de rattraper W. T.

Mais il est déjà trop loin pour l'entendre. Alice revient sur ses pas, ouvre le livre et le feuillette.

– Ça alors ! Il est tout blanc !

– Qu'est-ce que tu veux dire tout blanc ?

– Ses pages sont toutes blanches ! Il n'y a rien écrit dedans !

– Tiens, oui, c'est étrange… Il est déjà onze heures, nous n'avons pas le temps de le rapporter à Christ Church College, nous irons demain. Maintenant, il nous faut aller acheter de quoi pique-niquer.

Dans la barque qu'elles ont louée, Léa et Alice entassent leurs emplettes (des *pasties*, petits pâtés croustillants, des fruits, de l'eau…).

– Elles sont drôles ces barques !

– Ce sont des *punts*, des barques à fond plat. On les

fait avancer en poussant sur le fond de la rivière avec cette longue perche. Comme ça, dit Léa en plongeant la perche dans l'eau.

Maintenant, elles se laissent pousser par le léger courant, au fil de l'eau. Léa a posé la perche le long d'une des parois de la barque pour se reposer un peu.

– Si on s'arrêtait là sous les arbres, dit Alice, tu vois ? C'est plein de libellules.

Elles étalent une nappe en papier tout près de la berge. À quelques mètres, un chemin pour les promeneurs longe la rivière.

– Pourquoi les libellules sont-elles bleues ? demande Alice, en croquant dans son petit pâté.

– *That's not the question,* dit Mr Oddo qui passe sur le chemin. *You should think about THE question.*

– *Hello, Mr Oddo!* dit Léa.

Elle l'invite à se joindre à elles, mais il décline poliment l'invitation et poursuit son chemin.

– C'est drôle qu'il passe par là. Mais qu'est-ce que c'est cette question ? demande Alice.

– Tu te souviens, à la *Tea Party* ? Il y avait cette devinette : « Pourquoi un corbeau ressemble-t-il à un secrétaire ? »

– Tu crois que c'est ça la question ?

– Je ne vois pas d'autre réponse.

Chapter 4
A Strange Book

"Could you give this book back to Mr W. T., please?" Léa asks the porter at Christ Church College.

"Of course, I'll put it in his pigeonhole*," says the porter.

"Is the Botanic Garden far from here?" Léa asks him.

"No, not very far, you need to turn right in High Street and then go right down to the bottom of the street, you'll find it on your right."

The Botanic Garden, which Léa and Alice have decided to visit today, is the oldest in Great Britain. According to the brochure, it also has carnivorous plants!

"Hey! Hi, Doug!" says Alice.

The boy they had seen at breakfast the day before is standing in front of the entrance with his parents.

"Hi, err… What's your name again?" he says.

"Alice."

"Hi, Alice!"

"You aren't English, are you?"

"Nope, I'm from Down Under."

"Down under what?"

"Ha! Ha! Very funny. I'm from Australia, 'the land down under'."

"I'm from France."

"Wow! Your English is very good."

"Thanks."

"Did you know there's a tree here that's more than two hundred years old?"

"That's pretty old! Where is it?"

"Over there, come on, I'll show you."

"I'm going over there with Doug," Alice says to Léa, who's talking to Doug's parents, Mr and Mrs Smith.

"OK," says Léa.

"So this is your second visit to Oxford," Mr Smith says to Léa.

"Yes, but the first time was only for a few days. This time Alice and I will be able to visit the university, the town and the region. Is this your first visit?"

"Yes, it is. We've come all the way from Wangi Wangi in Australia to visit our eldest son who started reading English at the university last October."

"He's very lucky to be studying here at such a prestigious university."

"Yes, I think so too," says Mrs Smith. "Is that where Doug and Alice went?" she adds, pointing ahead.

Meanwhile Alice and Doug are standing in front of a tall pine tree.

"It's a Pinus nigra," Doug says.

"It's very big!"

"Look, at those thick branches."

"They seem to be…"

"Inviting us…"

"To climb up."

"Shall we?"

Doug jumps up and grabs hold of one of the lowest branches.

"Come on, I'll help you," he says, sitting on the branch.

But Alice has already climbed up using a different branch.

"It's almost like walking up a ladder, isn't it?"

"It's a little bit more difficult, but I like climbing trees, my father used to call me 'little monkey'," Alice replies.

"That's really weird, my dad used to call me that too when I was small. At home he built me a tree house in our garden!"

"That's must be cool to have a tree house."

"Yeah, it was, but I'm getting a bit big for it now. Hey! Look at that funny guy walking towards us!"

"But I know him! It's Mr Larpil… Larpil… terca… Yes that's him. I wonder why he always takes his strange pipe with him wherever he goes…"

"Haven't you got the answer yet?" Mr Larpilterca says, looking at them in the tree. "I don't think you'll find it up there."

"What do you mean?" Alice asks.

"I mean what I mean. What do you mean? It will be very sad to see them with their heads chopped off," he continues.

"Whose heads?" asks Alice.

"Ah, my dear Larpilterca, are you still bothering her?" says Mr Semoudor, suddenly appearing from out* of the blue.

"Pff, Pff, hum, not at all," says Mr Larpilterca smoking furiously, "just giving her some advice, pff."

"May I ask you, Alice, what you're doing up in that tree?" says Mr Semoudor.

"Oh, nothing special, just chatting and admiring the view," says Alice.

"You see, just as I thought, she's wasting her time, as usual…"

"Don't worry my dear Larpilterca, she still has time," says Mr Semoudor.

"You've turned into a bit of an optimist in your old age, but I'm not sure you're right."

And the two of them walk off still arguing.

"What a couple of weirdos*," says Doug.

"Yes, they're quite strange. Léa and I met them at a Tea Party yesterday."

"What are you two doing up there?" Doug's father asks, walking towards the tree, "I don't think you're allowed to climb the trees."

"Dad, the tree practically invited us to…"

"You'd better come down too Alice," says Léa.

"We had such a good view of the garden, from up there," says Alice, climbing down.

"Hey! What's that?" says Doug, as he was just about to jump down. "Someone left a book on a branch, it's got initials on the cover."

"Well, it seems that it belongs to… W. T." says Doug's mother. "What a beautiful leather book!"

"It's his book!" says Alice. "It's W. T.'s book!"

"Well that's what I just said…"

"But that's impossible, we just handed it to the porter at Christ Church College!" says Léa.

"What's so special about this book?" Doug asks.

"Well, our friend W. T. lost it, but it was rather odd as it didn't have anything…" Alice starts to say while looking inside the book. "Oh! Look! How strange! Now there's something written in it!"

"What's strange about a book with something written in it?" asks Doug.

24

"Well, it's just that all the pages in this one were blank before!"

"Now that *is* rather strange! So what's written in it now?"

"I can't understand it. It looks as if the letters are all mixed up."

"Let me have a look," Léa says.

The handwritten letters in the book were joined together as if to form words, sentences, paragraphs and chapters, but it was all incomprehensible, and Mrs Smith said it didn't look like any language she knew.

"Maybe it's written in code," Doug suggests.

"Well, we'll have to give it back again later," says Léa.

"Meanwhile, shall we go and see those carnivorous plants?" says Mr Smith.

Chapitre 5
Dans le labyrinthe

– Tu as vu hier quand on a rapporté le livre de W. T. à Christ Church College ? Le portier n'a même pas eu l'air surpris, dit Alice.

– C'est vrai…

– Doug dit que Mr Larpilterca et Mr Semoudor sont bizarres. Tu crois qu'ils sont fous ?

– Je ne crois pas qu'ils soient vraiment fous, juste un peu farfelus*.

– En tous les cas, Mr Larpilterca n'est pas très cool. Eh Chesh ! Viens mon gros Minou…

– Moi aussi je trouve que Mr Larpilterca a l'air d'un ronchonneur*, peut-être qu'il ne se sent pas très bien dans sa peau… Pour en revenir au programme d'aujourd'hui, c'est décidé, on va au Blenheim Palace ?

– D'accord. Il appartient à la reine, le Blenheim Palace ?

– Non, au duc de Marlborough. Tu te souviens de la chanson : « Malbrough s'en va-t-en guerre, mironton-ton…

– …mironton, mirontaine », continue Alice.

– Eh bien Malbrough, c'est lui !

– Ben il doit être rudement vieux, Malbrough.

– Ha ! Ha ! Ha !

– C'est loin ?

– Non, en bus, on en a pour vingt minutes.

Le bus les dépose juste devant la grille du palais.

– Hou là là ! Il est immense ce palais !

Les pièces du palais sont toutes plus belles les unes que les autres. Alice et Léa apprennent que Sir Winston Churchill était le petit-fils du huitième duc de Malborough et qu'il y a passé son enfance.

– Ça serait super d'habiter dans un palais, tu ne trouves pas ? dit Alice.

– Point de vue ménage, ça ne serait pas terrible ! J'y vois quand même un avantage, c'est qu'on n'aurait pas besoin de faire de la gym pour conserver la forme, rien que d'aller du salon à la salle à manger, ça prend un quart d'heure à pied.

– Moi, avec mes rollers, ça serait génial, pas besoin de marcher !

– Justement après toute cette marche, si on allait déjeuner ?

Après quelques détours, Alice et Léa finissent par arriver dans le restaurant self-service.

– C'est rigolo, en Angleterre les pommes de terre portent une *jacket*, alors qu'en France elles sont en robe des champs, dit Alice, qui a choisi une énorme *jacket potato* recouverte de fromage fondu.

– Il fait un soleil magnifique, on fait une petite balade dans les jardins ? propose Léa, à la fin de leur repas.

– Et après on ira dans le labyrinthe ? dit Alice.

– OK. On peut même commencer par là, si tu veux.

– Cool, c'est la première fois que je vais dans un labyrinthe.

Le labyrinthe, composé d'allées entre des haies d'ifs

taillés, n'est pas très compliqué, d'après le guide touristique. N'empêche qu'Alice et Léa tournent à l'intérieur depuis déjà plus d'une demi-heure, sans avoir encore trouvé la sortie.

– Pff! Ça tape fort, dit Alice.

– Oui, ça ferait du bien de trouver un peu d'ombre. Je crois qu'il faut prendre cette allée, dit Léa.

– Tu es sûre? Moi, je crois qu'on est venu par-là, dit Alice, qui continue tout droit.

Quand elle se retourne, Léa a disparu.

– Léa? T'es où?

Aucune réponse, Alice revient sur ses pas, appelle à nouveau sa cousine, toujours rien… Elle l'appelle encore… Cette fois Léa lui répond, mais sa voix semble lointaine. «Bon, restons cool», pense Alice, qui sort son portable et compose le numéro de Léa.

– Léa t'es où? répète-t-elle.

– Je suis… Crrre. Zzriii… CRIIiZZZiiCRE…IZss, fait l'écouteur du portable d'Alice.

Puis plus rien! «Zut, ça ne marche pas. Oh génial! Je n'ai plus de batterie!» constate-t-elle. «La haie n'est pas très haute, si je sautais, je pourrais sûrement me repérer», se dit-elle. «Qu'est-ce qu'il fait chaud!» Elle est en nage, mais elle continue tout de même de sauter. «Je vais bien finir par la voir!»

– À quoi vous entraînez-vous, Alice? demande une voix derrière elle.

– Je ne m'entraîne pas, je ne sais pas quelle allée prendre pour trouver la sortie. W. T.!? dit Alice en se retournant, mais d'où sortez-vous? Je sais, vous allez me dire que ce n'est pas la question, mais…

– Vous avez l'air d'avoir chaud, Alice. Prenez mon éventail et suivez-moi, lui dit W. T.

Alice hésite. Elle se rappelle que ses parents lui ont recommandé de ne jamais suivre un étranger, et W. T. est un étranger qui plus est, un étranger très… étrange. Mais il faut le suivre ou rester là à cuire au soleil! Et puis à la sortie du labyrinthe, il y aura sûrement Léa. Alice réfléchit, tout en s'éventant avec l'éventail de W. T., quand à sa grande surprise, les haies d'ifs qui forment les murs du labyrinthe se mettent à grandir! Elles font maintenant au moins dix mètres de haut! W. T. montre à Alice une ouverture dans la haie.

– Regardez, lui dit-il.

Alice s'avance pour voir. Sur un grand échiquier*, au milieu d'un champ, des roses se tiennent debout bien droites, une dans chaque case; au bout de l'échiquier une estrade est dressée, sur cette estrade un secrétaire est installé, et derrière le secrétaire un… corbeau est assis! Soudain une porte s'ouvre. Une porte dans un champ?! Alice n'en croit pas ses yeux! Un pan du ciel et du champ se détache pour laisser passer…

– La reine, chuchote W. T.

– Ce n'est pas possible! La reine d'Angleterre ici? dit Alice, en chuchotant, elle aussi.

– Non non, pas la reine d'Angleterre, la reine de pique! dit W. T.

Et en effet, la reine au lieu d'avoir un sceptre dans la main droite (comme toute reine qui se respecte), brandit… une pique! D'où son nom bien sûr.

– *And what's the answer, my dear?* demande la reine d'une voix doucereuse, en passant la pointe de sa pique sur les pétales d'une des roses qui vient de laisser échapper un léger soupir.

– Euh… La réponse… c'est de ne pas s'éloigner, être polies, et… et… murmure en hésitant la rose.

– *Speak up! In English, DEAR!* crie la reine.

– Euh… euh… bégaie la pauvre rose, qui essaie de parler plus fort et de trouver ses mots en anglais, comme la reine vient de le lui ordonner.

– *THAT is NOT the answer! Off with her head!* crie la reine.

Le corbeau, qui vient de s'arracher une de ses plumes, demande à la rose son nom afin l'écrire sur le Parchemin* des Condamnés à avoir la tête tranchée.

– Aaah… mumure la rose.

– Aaa… lice! Alice!… Alice? Mais qu'est-ce qu'il t'est arrivé? demande Léa à sa cousine accroupie près de la haie.

Chapter 6
Mrs Cusshed's Noble Past

"Good morning, my dears, did you sleep well?" Mrs Cusshed asks Alice and Léa.

"Oui, euh… yes, but it was quite hot last night," Alice replies.

"Yes there's a storm brewing," says Mrs Cusshed.

As they enter the dining room, Doug and his parents, Mr and Mrs Smith, invite them to sit with them.

"I'm sure that Mrs Cusshed can bring your plates over here," Doug's father says.

"Yes of course, my dears", says Mrs Cusshed, "and I'll also bring you some more bacon, eggs, toast and tea."

"So did you enjoy Blenheim Palace?" asks Mrs Smith.

"It is a very impressive place," Léa starts to say.

"Did you go into the maze?" says Doug, "I thought it was cool. We were there two days ago, but it was a bit too easy. It only took me fifteen minutes to find the way out."

Alice and Léa glance at each other, then Alice says, "Something strange must have happened yesterday, because it took us three hours to find our way out!"

"Wow! What happened?" Doug asks.

"I got separated from Léa and found myself all alone in the middle of the maze, and suddenly I saw the hedges grow and grow, until they were ten metres tall, and there was a chessboard* with roses, and the Queen with her pike, and a crow sitting behind a writing desk…"

"Well, I wouldn't worry about it, dear, it was so hot yesterday," says Mrs Smith, "you probably had a spot of sunstroke and … visions."

"That reminds me of a book I once read…" Mr Smith says, but Mrs Cusshed interrupts him.

"There's somebody at the door who would like to speak to you, Sir," she says.

Doug turns to Alice.

"So, what happened?"

"Well, suddenly I saw Léa standing right next to me. She had finally found her way out of the maze, but it took her ages to find me again. I was alright, but I didn't really understand what had happened, maybe it was a dream…"

"Or maybe you were abducted* and taken into a parallel universe!" says Doug. "It happens all the time in the outback*."

"Don't be ridiculous, Douglas," says his mother with an embarrassed smile.

"Look who's come to visit," says Doug's father, coming back into the room.

A tall man in his twenties, with blond hair and green eyes, is standing next to him.

"Hey! Adam!" says Doug.

"Hi, little bro*!" says Adam.

"This is Alice and her cousin Léa, they're French," Doug says to his brother, then adds with a big grin, "Alice, Léa, meet my brother."

"Hi Alice, hi Léa," says Adam.

"Hello!" the two cousins reply together, exchanging a glance.

"So, what do you think of Oxford?" Adam asks them.

"Well, we've already visited a few nice places and met a few eccentric characters," Léa says.

"Have you?" Adam says. "I'm not surprised, the English are usually pretty quiet, but some of them are real eccentrics, especially here in Oxford!"

"Yes, like W. T. ," says Alice.

"Oh, you've met W. T., have you?"

"Yes, several times. Do you know him?" Léa asks.

"As a matter of fact, I do! He's a friend of mine! He lives in my College. And yes, I think he's a very good example of an English eccentric."

"Have you known him long?" Léa asks.

"Since I got here last October, but I know he's been living in Christ Church for a long, long time. He's writing a book."

"What's it called?"

"I don't know, I don't think he's given it a title yet. He's just put his initials on the cover (he tends to lose it a lot), but I do know that it's written in code! He tried invisible ink but…"

"I knew it!" Doug shouts out.

"But why is it written in code?" Alice asks.

"Well, like I said, W. T. is very forgetful, he tends to leave his book lying about all over the place…"

"That's true, we've already found it twice," says Alice.

"And apparently," Adam continues in a whisper, "and this is the really strange part, he says that some of the characters in his book are dangerous, and just reading their name can make them appear…"

"Like the Queen?" Alice asks.

"Shh! Best not to speak her name too loud, she's a very powerful character," whispers Mrs Cusshed.

"You know her!" says Alice.

"Well, we've met a few times, in a… previous life," says Mrs Cusshed.

"In a previous life?"

"Well it's a long story, but you see, I used to be a duchess."

"Wow!" says Doug.

"So should we address you as Your Grace?" says Léa.

"Oh no no, my dear, like I said, it was a long time ago, and I much prefer my new station in life, where I'm not constantly exposed to the slightest whim* of the local monarch, you know."

"When you were a duchess, did you meet people like W. Tibbar, Mr Dodo, euh …Mr Oddo, Mr Larpilterca and Mr Semoudor?" Alice asks.

"Well those names sound familiar."

"You see there's this riddle that needs an answer…"

"I do vaguely recollect something about a riddle, but it's such a long time ago."

"Do you want to hear it?"

"Alright, if you think I can be of any help," Mrs Cusshed says.

"Well, it goes like this, 'Why is a raven like a writing desk?'"

"Hmm that reminds me of something, but I can't quite put my finger on what."

"Do you think…"

"When I think about it, I think that riddle was in

Chapter VII, and I was left out of that chapter, so you see I really couldn't say!" Mrs Cusshed replies in a most unexpected and peculiar tone of voice.

Taken aback*, Alice says, "I don't understand what you mean…"

"I mean what I mean!" Mrs Cusshed snaps back in an annoyed tone of voice, which comes as a shock to Alice, as up until now she has always been so polite.

"I wasn't there! I was only in Chapters VI, VIII and IX! That author! I should have been THE Queen and then it would have been 'Off with HIS head!'" Mrs Cusshed continues.

"I didn't mean to offend you in any way," says Alice, apologetically.

Fortunately, the very instant she apologises, Mrs Cusshed collects herself and says with a smile, "Don't give it another thought, my dear; it was all such a long time ago."

Chapitre 7

Une réunion impromptue

« Qu'est-ce que c'est ? » Alice ouvre les yeux. Un bruit vient de la réveiller.

– Miaow, miaow…

– Léa, tu entends ? demande-t-elle à voix basse.

Léa ne répond pas. Alice allume sa lampe de chevet et regarde sa montre : « Onze heures ? Euh… non… une heure du matin. »

Les miaulements résonnent à nouveau dans la nuit.

– Miaow, miaow…

« C'est peut-être Chesh », se dit Alice.

– Léa ? Tu dors ? chuchote-t-elle.

Alice se lève et va secouer sa cousine, mais celle-ci dort profondément et se retourne dans son lit sans se réveiller. « Je vais voir ou quoi ? », se demande Alice, « peut-être que Chesh s'est fait mal. » Elle se penche par la fenêtre ouverte, qui donne sur le grand jardin. La lune toute ronde éclaire la pelouse, mais les arbres et les bosquets sont dans la pénombre.

– Miaow, miaaaow…

– Chesh ? Qu'est-ce que tu as, mon gros Minou ? chuchote Alice en essayant de savoir d'où viennent les miaulements.

– Miaow.

« Bon… j'y vais », se dit-elle. Elle ouvre doucement la porte de la chambre et, pour ne pas réveiller Mrs Cusshed, décide de ne pas allumer la lumière. Heureusement, la lune brille à travers les carreaux des grandes fenêtres du palier et éclaire l'escalier. Alice descend les marches sur la pointe des pieds.

– Miaow, miaow…

Elle s'arrête un instant, écoute puis reprend sa marche. Derrière elle, des craquements de parquet la font sursauter, elle se demande si quelqu'un est là, elle écoute… plus rien. Enfin elle arrive dans l'entrée.

« Bon maintenant si je ne veux pas sortir par la porte d'entrée de la maison, je dois tourner à droite. La porte du jardin est au bout du couloir. Zut ! On n'y voit rien ici… Ah, voilà le crochet où Mrs Cusshed met les clés. C'est laquelle ? »

– Miaow…

Les miaulements reprennent, plus lointains.

Soudain quelqu'un lui attrape le bras.

– Oh ! s'écrie-t-elle.

– *Shh!* dit Doug, dont elle distingue vaguement la silhouette.

Il lui indique une clé.

– T'es sûr ? *Are you sure?* chuchote-t-elle.

Une lumière s'allume à l'étage.

Dans la clarté de la lune qui entre par la porte vitrée, Alice voit Doug lui faire oui de la tête et mettre son doigt sur sa bouche. La lumière à l'étage s'éteint.

– Miaaaow, miaow…

Alice ouvre doucement la porte et sort dans le jardin, Doug la suit.

– Miaow…

– Chesh ? T'es où mon gros Minou ?

– Tu parles au *cat* ? demande Doug.
– Tu parles français ?
– Un tout petit.
– Tu veux dire « un tout petit peu » ?
– Oui.
– Miaaaaow…

– Je crois que Chesh est là-bas… Euh… *I think Chesh is over there.*

Alice et Doug se dirigent vers les grands arbres, au fond du jardin.

– Miaaaaow, miaow…

– Il est là-haut, tu le vois ?

– Oui, dit Doug.

Perché sur la branche d'un arbre, les pattes ramenées sous lui, Chesh les regarde s'avancer en souriant.

– Mia… Eh bien, vous en avez mis du temps ! Ça fait un moment que je vous appelle ! Montez vous asseoir près de moi.

– Chesh ? C'est toi qui parles, mon gros Minou ? demande Alice en se hissant dans l'arbre.

– Bien sûr que c'est moi. Ah, pendant que j'y pense, Alice, peux-tu cesser de m'appeler « mon gros » ? « Minou » passe encore, mais « mon gros », c'est superflu[*] et pour tout dire un peu vexant. Après tout je ne suis pas gros, juste un peu enveloppé…

– Oh ! Excuse-moi, mon… Minou.

– Ron, ron… Je vous ai convoqués à cette petite réunion impromptue[*] à cette heure-ci, *primo* parce que nous sommes à l'abri des oreilles indiscrètes, *deuzio* parce que le temps passe et que, toi Alice, tu n'es pas plus près de la solution qu'à ton arrivée.

– Qu'est-ce que tu veux dire, mon… Minou… euh… Chesh ?

– Je veux dire qu'il est grand temps que tu trouves une solution à cette devinette ! Ou les têtes vont tomber !

– Mais quelles têtes ?

– Toutes pardi ! Les sales têtes, les bonnes têtes, les têtes longues, les drôles de têtes, les têtes d'affiche, les têtes de lit, celles à faire peur…

– Attends, attends, Chesh ! D'abord comment tu fais pour parler ? Et en français ? Tu sais, Doug ne doit rien comprendre à ce que tu racontes.

– J'ai dit que je parlais ? Faux ! Je ronronne et ça, c'est une langue universelle* ! Je suis sûr que Doug comprend tout !

– *Of course I do*, dit Doug.

– Ron, ron… Revenons à la question. Alice, toi et Doug (qui grimpe aussi bien que toi et moi, et sera donc une aide précieuse pour la suite des événements), vous devez vous rendre dans une boutique pas très loin de la poste. Elle est tenue par un certain Mr Terhatdam. Il détient quelque part dans son grenier* des secrets qui peuvent vous aider. Regardez bien, mais surtout ne déplacez aucun objet.

Tout à coup des lumières dans la maison s'allument.

– Vite, rentrez ! Et soyez prudents ! Mrs Cusshed est, par ce temps de pleine lune, un peu… lunatique*. J'allais oublier, je m'absente un jour ou deux. J'ai quelques comptes à régler.

Le lendemain matin, Alice et Léa prennent leur petit déjeuner dans le jardin.

– Doug et moi, on avait pensé faire du shopping, aujourd'hui à Oxford, propose Alice en baillant.

– Justement Adam m'a demandé si nous pouvions nous voir aujourd'hui. Ses parents veulent rendre visite à une vieille tante à eux, et Doug et lui vont passer la journée ensemble. Il nous invite à déjeuner. Dans l'après-midi, tu pourras aller faire du shopping… Ça te va ?

– C'est parfait.

Chapter 8
A Secret Trapdoor

"So Doug, if you'd rather go shopping with Alice while Léa and I visit some Colleges, we can meet up at the entrance to the Covered Market at around half past four. Is that alright with you, Alice?"

"OK, sure."

"So see you later, guys," says Adam.

"See you later. *À tout à l'heure, Léa*," Alice says.

"*À plus, cousine.* Bye Doug."

Before leaving Green Field House that morning Alice and Doug had quickly taken a look in the telephone directory to find the address of Mr Terhatdam's shop. They take out the map that Léa had left them.

"Well, we're here, on George Street, so if we go back up the street and turn right at the end, we'll be on Cornmarket Street. After that it's more or less a straight line to the Post Office, and the shop is just a bit farther along," says Doug.

"It's not very big," Alice says when they reach the shop.

"Let's go in," Doug replies.

Inside the shop they spot a top hat moving around behind a pile of boxes on the counter. Suddenly the top hat starts to rise, and the head beneath it says, "Come in, come in, what can you do for me?"

"Surely you mean to say, what can *I* do for *you*?" Doug says.

"Exactly."

"Is your name Mr Terhatdam?" Alice asks.

"Well, that depends on which way you look at it."

"Another weirdo," Doug whispers to Alice.

"Can we look around your shop?" Alice asks.

"Make yourself at home, my dear, I'm sure. Don't mind me."

The store is very narrow, almost like a corridor, and all the shelves are chock-a-block* with things from *Alice's Adventures in Wonderland* and *Alice Through The Looking Glass* for sale. At the far end of the shop they discover a staircase up to the first floor.

The room upstairs is very similar to the one downstairs, except…

"Look, there's a trapdoor in the ceiling! Remember? Chesh told us about secrets in an attic*!" says Doug.

"But, how can we get up? There aren't any steps."

"Oh that's not a problem," says Doug.

He grabs one shelf with his right hand and another with his left, quickly scrambles up to the trapdoor and pushes it open.

"I can't climb up there like that, my legs are too short," says Alice.

"*No problemo*, I'll give you a hand," says Doug leaning down from inside the attic.

Just like the shop underneath, the attic is long and narrow. There are cobwebs* everywhere and a lot of dusty old furniture. In a corner beneath a skylight* Doug and Alice find a big wooden box that they struggle to open.

"Nothing," Doug says, peering inside.

"Wait, look!" says Alice, "there's another door in the bottom! Another trapdoor!"

"That doesn't make sense," Doug says, "It will only take us back down into the shop!"

But Alice is too busy trying to pull it open to worry about that.

"Wow, take a look at this! It doesn't look like the shop at all," she says, "there's another staircase. Are you coming?"

The room they enter is even dustier than the attic, but over at the far end they spot a writing desk with a chessboard on it, with all the pieces set up, but for some reason the board is the wrong way round.

"Look! The Black Queen and the White Queen. They look just like the ones I saw in the maze! But it's strange, they're both carrying umbrellas…"

"There are some drawers here. Shall we open them?"

But as soon as Doug talks about the drawers, the two Queens start to move threateningly on their squares.

"Did you see that?"

"What?" asks Doug, who is busy opening the drawers in the desk, "Ugh! Eyeballs!"

"What?"

"Look!"

"Yuck! That's disgusting!"

They both stare in amazement at two eyeballs staring back at them from inside a jar of gooey yellow liquid.

"Do you think they're real?"

"I don't know."

"*Oh zut* !" Alice says.

"What's the matter?"

"Don't you remember? Chesh told us not to move anything…"

"We haven't moved anything," says Doug, closing the drawers, "Look, everything is exactly the way it was when we entered the room."

Suddenly they hear a muffled voice coming from downstairs.

"Are you alright up there? Do you want some help?"

Doug and Alice rush towards the stairs, but in her haste, Alice brushes against the pieces on the chessboard and knocks them over.

"*Oh là là ! Qu'est-ce que j'ai fait ?*" she says.

But Doug is already sticking his head out through the trapdoor, and shouting down to Mr Terhatdam,

"Everything's fine! We're on our way down!"

"Doug, quick! Come here!"

Doug rushes back into the room.

"Alice? What… Oh my God!"

They quickly put all the pieces back on the chess-board.

"I can't find the Queens!" says Alice. "What shall we do?"

"Well, there's not much we can do, we'd better just hope nobody notices."

Chapitre 9

L'accident

– Tu sais dans cette boutique hier… On a vu ces yeux horribles dans le liquide jaune, beurk, mais on n'a même pas eu le temps de trouver les indices[*] qui auraient pu nous aider. Le pire, c'est que j'ai renversé les pièces de l'échiquier et que les reines ont disparu. Je me demande ce qu'elles sont devenues, dit Alice.

– Elles ont sûrement dû rouler, dit Léa.

– Ma chère Léa, chez nous, nous disons « *ruler* », comme dans l'expression « *the Queen and the King rule* », et certains le font de la manière la plus cruelle, dit W. T. qui vient d'apparaître.

– Oh ! W. T. ! Vous êtes là.

– Oui, je me demandais si vous n'auriez pas vu mon livre ?

– Non.

– C'est vraiment très ennuyeux, dit W. T.

– Qu'est-ce qui va se passer ? On ne devait toucher à rien dans cette boutique, continue Alice

– C'est un accident, ça arrive, dit Léa.

– Hmm, c'est vraiment très, très ennuyeux, il va falloir que je vérifie tout ceci dans mon livre. Cela peut être cata… *Oh dear…* dit, W. T. en sortant son portable et en s'éloignant rapidement.

Alice et Léa sont maintenant tellement habituées aux étranges manières de W. T. qu'elles ne s'en étonnent même plus.

– Alors on ne peut rien faire ?

– Mais si, nous pouvons continuer notre visite. Qu'est-ce que tu dirais d'une petite croisière* sur la Tamise ?

– Ouii ! Je peux demander à Doug de venir ?

– Bien sûr.

Quelques minutes plus tard, Alice revient.

– Doug ne peut pas venir, il va à Londres avec ses parents, mais il m'a dit qu'on pourra peut-être faire quelque chose ensemble demain, dit-elle. Tiens, c'est Chesh ! Te revoilà, mon… beau… Minou ? Mais qu'est-ce que c'est cette griffure sur ton nez ?

– Miaow, miaow, ce n'est rien, juste une égratignure, commence Chesh.

– Il a dû se battre avec des chats du coin, l'autre nuit, j'ai entendu un raffut de tous les diables dans le jardin, dit Léa.

– Viens, mon beau Naby… euh… mon beau Chesh.

– Miaow… c'est qui ce Naby ?

– C'est mon chat là-bas, en France.

– Ron, ron… Comme je voulais te le dire, je lui ai filé une sacrée raclée au grand Domino taché. Il n'en menait pas large et ce n'est pas une égratignure qu'il a ramassée. L'oreille en dentelle qu'il a récoltée ! Ah, depuis quelque temps, le quartier change. Il faut les remettre tout de suite à leur place, sinon ils viennent miauler sur vos plates-bandes, et ça je ne supporte pas !

– Dis donc, t'es bien bavard mais nous on doit aller faire une petite promenade en bateau.

– Moi, l'eau, je n'aime pas trop, dit Chesh en s'éloignant nonchalamment.

Pour se rendre à l'embarcadère, Alice et Léa traversent la ville.

– En tout cas, j'adore Oxford, dit Alice

Dans la grande rue piétonnière, des étudiants jouent de la musique.

– C'est un peu comme dans le Quartier Latin à Paris, tu ne trouves pas, Léa ?

– Oui, un peu.

Le bateau avance lentement sur la Tamise. Accoudées au bastingage*, Alice et Léa admirent la campagne. Le long de la berge, elles aperçoivent des gens qui gesticulent.

– Je me demande pourquoi ils nous font tous des grands signes.

– Regarde, maintenant ils courent !

– Mais ? On dirait que c'est…

– Oui… ce sont Mr Oddo, Mr Semoudor et Mr Larpilterca !

– Tu entends ?

– Je crois qu'ils disent… « *Be careful !* »

– Ça veut dire « Faites attention ! »

– Tu crois qu'on est en danger, Léa ?

– Je ne vois pas pourquoi.

Alice regarde autour d'elle, les autres passagers parlent entre eux, prennent des photos. Rien ne semble anormal.

Peut-être qu'il y a quelque chose dans la rivière. Alice se penche et, tout à coup, elle sent qu'elle tombe !

– Alice ! crie Léa, en se penchant elle aussi par-dessus le bastingage.

– Attention, Léa ! Derrière toi ! crie Alice.

Et Léa tombe à son tour dans l'eau. Elles nagent toutes les deux jusqu'à la rive.

Mr Oddo, Mr Semoudor and Mr Larpilterca arrivent en hâte.

– *Oh my dears !*

– Heureusement qu'on sait nager ! dit Léa. Rien de grave, c'est un petit accident. Nous nous sommes trop penchées en avant.

– *No, no…* elles sont… dans la… le… bateau… *the boat…* dit Mr Semoudor.

– Qui ?

– Je suis sûre que ce sont les rei… commence Alice.

– *Of course*, dit Mr Larpilterca en faisant des ronds de fumée avec sa bouche.

– Ah ! Ma chère Alice et ma chère Léa, crie W. T. de loin en brandissant son livre.

– Alors vous l'avez retrouvé votre livre ?

– Oui, je l'ai retrouvé, et malheureusement les nouvelles sont graves. D'importants et dangereux personnages s'en sont échappés. Vous devez donc vous tenir sur vos gardes[*] !

– Vous voulez parler des r…

– Chut ! Ne prononcez aucun nom…

Chapter 10
A Storm and Some Advice

"Did you have a nice boat trip?" Adam asks.

"Yes quite nice, but we fell in," Léa says.

"You're kidding!"

"Actually it was so hot that taking a dip in the Thames was not all that unpleasant," Léa says sipping a cool drink, "but then we met W. T. who said that some dangerous characters had escaped from his book, I think he's exaggerating the situation a little bit. What do you think, Adam?"

"Well, like you said, I think W. T. is a true eccentric, and therefore a man of extremes!"

"Maybe we should go back to the house, we might be safer back there," suggests Alice.

"I wouldn't worry about all this too much," Adam says.

"It's a pity we didn't have enough time to find any clues* in the attic," says Doug.

"So what shall we do?" Alice asks.

The four of them are sitting outside a café drinking ice-cold drinks. The weather is hot and humid, and from time to time they can hear the distant rumble of thunder. Suddenly everything goes dark, and a flash of lightning lights up the sky.

"Don't be alarmed, you still have time to come up with an answer," says Mr Semoudor hurrying past their table.

"Oh hello, Mr Semoudor !"

But he walks quickly by and doesn't look back. The rumbling of the thunder is getting louder by the minute.

"We could go to the Ashmolean Museum," Léa says, "it's not far, and with this storm coming, we can't really do anything outside."

"We'd better get a move on then," says Doug, "I just felt a raindrop."

They pay for their drinks and run to The Ashmolean Museum as fast as they can.

"Phew! We made it just in time! It's pouring down!" says Adam.

The Ashmolean Museum is very big, but inside, they can still hear the rumbling of the thunderstorm. Each clap of thunder makes Alice jump.

"You're very jumpy, Alice," Léa says.

"I like thunderstorms, but not when they're as loud as this one."

"'Ashmolean' is a very strange name for a museum," says Léa.

"Well, it takes its name from Elias Ashmole, a collector of curiosities who donated his whole collection to the university," Adam says.

"Adam, you said we shouldn't worry, but shouldn't I be prepared, in case things get dangerous?" asks Alice.

"What could possibly get dangerous?"

"The Quee…" Alice starts to say.

"My dear Alice, remember: no names. It's even more important now that we know that they're at large*, and this time, there are three of them."

"Oh, Mr Oddo, you're here? Can you help us?"

"Well, yes…I can… Err… The best way to help you… Err… The best way is… to organise a… race…Err… No, no, it's … to give a prize to everyone? … Err…"

"My dear Oddo, just as I thought, the years have taken their toll* on you…" says Mr Larpilterca appearing out of nowhere. Then turning towards Alice, "I'll tell you the best way to help yourself, my dear Alice."

He stops talking long enough to let a large puff of smoke escape from his mouth.

"Oh, Mr Larpilterca, can you?" says Alice.

"Of course I can, I hope you don't doubt it! Well the best way is to... to fly... away..."

"To fly away? What do you mean?"

" I mean what I... My mother, who was a very clever woman, told me that if I ever wanted to escape danger, I had to grow up and fly away, which I seem never to have done... But I see what she meant now, which is why I'm giving you this advice."

"Thank you."

"You're welcome."

"But I can't fly."

"Well, can't you try to grow up a bit?"

Saying that, Mr Larpilterca vanished in a plume of smoke.

"He's as weird as ever," says Doug.

"Yes, I must admit that Larpilterca has been behaving very oddly for a while now," says Mr Oddo before he too started to fade away.

"Well, they weren't of much help," says Alice.

"Don't worry Alice," says Doug, "we'll find a way. With a bit of luck, maybe we'll find a clue in the museum. What's the riddle again?"

Chapitre 11

Chesh à la rescousse

– Allô, Maman ? Ça va… Non non… Il a fait un drôle d'orage hier… Non, on était dans un musée, mais ça résonnait rudement fort… Avec Doug et Adam… On est amis… Oui, leurs parents sont là aussi… Il va bien, Naby ? Il ne s'ennuie pas trop de moi ?… Oui moi un peu… Oui… Et je crois que j'ai fait beaucoup de progrès… Mais non, ça va… D'accord… Gros bisous à toi et Papa et un énorme câlin à Naby… Oui je te la passe.

– Allô, Tata ?… Ça va bien… Oui, ne t'inquiète… Non elle n'a pas pris froid… Le temps ? Il fait toujours très chaud… On est dans le jardin… Tu sais, il faut trouver la solution d'une devinette… C'est dans *Alice au pays*… Oui… Je crois qu'Alice prend ça un peu trop au sérieux… Moi aussi et à Tonton… Oui… À bientôt.

– Léa ? Tu sais la devinette et tous ces gens bizarres qu'on rencontre, c'est un peu comme dans *Alice*, le livre que tu m'as offert.

– Oui, et justement souviens-toi, dans cette histoire, Alice n'est jamais vraiment en danger.

– Mais la devinette ? Elle n'a pas à trouver la solution de la devinette.

– Tu sais, cette devinette, on va en trouver la solution d'une manière ou d'une autre.

– Tu crois ?

– J'en suis sûre.

Alice se sent un peu rassurée, mais pas complètement. Léa a dit qu'Alice n'était jamais « vraiment » en danger. Et « vraiment », est-ce que ça ne voudrait pas dire qu'elle-même était un peu en danger ? Et puis ici ce n'est pas Wonderland, c'est England.

– Eh ! Voilà Chesh ! Viens, mon beau Minou… Ça va mieux ton nez ?

– Ron, ron…

Mrs Cusshed, un peu essoufflée, s'approche de leur table.

– *Ah! My dear Alice, here you are.*

Mrs Cusshed explique à Alice que deux nouvelles et TRÈS importantes pensionnaires de la Green Field House veulent la rencontrer. Se penchant vers elle, elle lui murmure qu'elles ont beaucoup insisté, puis elle s'écarte.

– OH ! s'écrie Alice.

Deux dames d'un certain âge s'avancent vers elle. Elles s'appuient, chacune d'elles, sur un parapluie, l'un noir, l'autre blanc et elles sont le portrait craché de… LA REINE DE PIQUE !

– *So Alice my DEAR, we meet again !* dit l'une d'elles.

– *PSSSHHHHI!* dit Chesh.

– *AAA… TISHOO!* fait l'autre.

– *A cat! Shoo! Shoo!* dit la première.

Mais Chesh a doublé de volume et s'est raidi sur ses quatre pattes. Le dos rond et les oreilles couchées, il crache à nouveau.

– PSSSHHHHI !

Les deux dames battent en retraite* et sortent préci-
pitamment du jardin.

– Eh bien ! Chesh, tu n'as pas l'air de bien les aimer
ces dames, je suis sûre que ce sont les rei… commence
à dire Alice. Bon, en tout cas, merci : tu les as fait fuir.

– Ron, ron… fait Chesh, en se frottant contre les
jambes d'Alice.

– Cet après-midi, on fait comme on a dit ? Un peu
de shopping ? dit Léa, qui semble n'avoir rien remar-
qué.

– D'accord.

Le portable de Léa sonne.

– Allô?… Oui… Se voir? À quelle heure?… Oui, on sera en ville… OK… À plus tard.

– Qui c'est?

– C'est W. T. Nous allons nous voir vers quatre heures dans le salon de thé, tu sais celui où nous l'avons rencontré le jour de notre arrivée.

– Oh cool! On n'y est allé qu'une fois depuis qu'on est là.

– Oui, c'est un bel endroit. Dommage que ce soit un peu cher : on ne peut pas y aller souvent.

Quand Alice et Léa arrivent dans le salon de thé, W. T. est déjà installé devant une tasse de thé, à la même table que celle qu'il occupait le jour de leur rencontre.

– Est-ce que je peux commander? demande Alice.

– Bien sûr, dit Léa, on prend du thé et des scones pour deux, comme l'autre fois? Puis se tournant vers W. T., elle ajoute :

– Je vous offre quelque chose?

– Non, non, ma chère Léa, vous êtes mes invitées.

– Bon alors, *Tea and scones for two, please*, demande Alice à la serveuse.

– *Thank you*, lui dit celle-ci en souriant.

– Tu crois que mon accent s'est amélioré?

– Beaucoup, dit Léa.

– Ma chère Alice, je suppose que vous avez rencontré… qui vous savez, dit W. T. Elles sont dangereuses… et même très dangereuses. Mais ne vous inquiétez pas trop, vous êtes sous la protection de Chesh. Vous pouvez lui faire confiance, il est de bon conseil. Ah, je voulais aussi vous dire à toutes les deux, il y a une *Tea Party & Test* organisée la veille de votre départ. Ne manquez pas d'y être, si vous voulez que le bon sens l'emporte!

Chapter 12
Danger in the Park

"Miaow…" says Chesh, "What a night! I don't want to complain about your uncomfortable bed, but with those two characters in the house, I had to sleep with one eye open, and now I have a kind of a cramp in my eye."

"Poor you," Alice says sympathetically.

Chesh, who spent the night on Alice's bed, to her great delight, is stretching on her duvet.

"Purrrr, never mind, duty before comfort. Well I have to go for… my things… you know… and my breakfast."

"Me too, Minou, I have to take a shower and…"

"Oh, that reminds me, for your safety, it would be better if I rubbed my neck against your legs after your shower. It will give you extra protection. You don't mind, do you?"

"Of course not, Minou."

At breakfast in the dining room, although the two new guests are sitting as far away as possible from Alice and Léa's table, from time to time they take turns sneezing loudly.

"*Léa, la* Tea Party & Test, *tu penses que c'est quoi?*"

"*Je ne sais pas trop quoi en penser.* We'll just have to wait and see, *comme on dit ici.*"

As they get up to leave the table, Doug comes up and asks if they like to join his brother and him, as Adam has just arrived.

"Well," say Mr and Mrs Smith as they get up, "we'll leave you youngsters here. We're off to Stratford-upon-Avon, the birthplace of a very famous Englishman."

"Bye," everyone says.

"So what's planned for today?" Adam asks.

"Well, I thought we could go to the Pitt River Museum or to the University Parks for a picnic," Léa says.

"… and take a frisbee to the park, or maybe go to the Story Museum… What do you think? What do you want to do?" Adam asks, looking at Alice and Doug.

"Lets go to the park!" Alice and Doug say together.

"And we could take the book Léa bought me to see if we can find any clues to the riddle in it," Alice adds.

So Léa asks Mrs Cusshed if she can lend them an old blanket, and then they all go to town to buy some things to eat for the picnic and a frisbee too.

On their way into town, Alice is surprised to see Adam put his arm round Léa's shoulder.

"Well, they seem to like each other a lot," Doug says with a smile.

"Yes, it looks like it."

"Just like us," Doug says taking Alice's hand.

"Uh… yes," Alice says returning his smile.

In the park, they have their picnic and toss the fris-bee around for a while. Suddenly, Alice sees two ladies walking towards them arm in arm. One is carrying a black umbrella, the other a white one.

"The Queens! Run for it!" says Alice.

Doug jumps to his feet and both of them rush off

towards the trees not far from there. They quickly climb one of the trees.

"Léa! Adam!" Alice and Doug shout.

"What's the matter, Doug?" Adam shouts.

"Alice, what are you doing up there?"

"The Queens! The Queens!" Alice repeats.

"Is your young cousin here? We heard her call," the two Queens say together. "Ah! Here you a … AAATISH… OO!… are!" they exclaim, looking up into the tree. "AAATISH… OO! … AAATISH… OO!", they both sneeze.

"It's that ca… AAATISH… OO!… cat!" says the black Queen.

"But I ca… AAATISH… OO!… can't see it !" says the white Queen.

Alice and Doug laugh.

"It's a good thing Chesh gave me extra protection

this morning," Alice says, as the two Queens reluctantly retreat, sneezing as they go.

"What funny old ladies," says Adam.

"They're not funny, they're dangerous!" Alice says, climbing down from the tree.

"Alice, don't you think you're going too far?" Léa says.

"Well, I'm not so sure about that… I wanted to ask Adam and Doug something. The day after tomorrow, there is this 'Tea Party & Test' at Christ Church College. Do you think they could come with us?"

"Alice, W. T.'s invitation was just for us, I'm not sure we can," Léa starts to say.

"They're very welcome, we will be very happy to see them at the 'Tea Party & Test'," W. T. says.

"Hello, W.T! May I ask you something about this 'Tea Party & Test'?" Alice starts to say.

"Do you think there are any clues in this book?" Doug continues, showing him Alice's book.

"I don't think so… Didn't Chesh tell you about a certain Mr Terhatdam?" asks W. T.

"Yes, but we didn't have enough time to find anything," Alice says.

"Then you need to speak with Chesh, he may be able to help. I'm afraid I can't say more than that. You see, the rules…" W. T. says. "Oh dear! Oh dear!" he goes on, taking his mobile out of his waistcoat pocket. "I shall be late! Don't forget, the day after tomorrow… at three … at Christ Church College… Oh dear! I must go! I can't stop now," he says, hurrying off.

Chapitre 13
Le conciliabule

– Tu ne trouves pas que ça passe trop vite, Léa ? On n'a plus beaucoup de temps.

– Nous avons encore quelques jours devant nous avant de rentrer.

– Oui, mais on n'a plus qu'un jour pour trouver la solution, et puis on n'a pas tout visité à Oxford…

– Nous aurons sûrement l'occasion de revenir !

– Léa… Adam, c'est ton copain ?

– Oui, je crois.

– Ouuii, super ! Comme ça, on pourra se voir s'il vient à Paris avec Doug, et on pourra leur faire visiter tous les coins qu'on aime… Ermont… Euh, peut-être pas Ermont… Qu'est-ce tu crois qu'ils aimeraient voir ?

– Tu sais il y a plein d'endroits à visiter à Paris : le quartier du Marais, Montmartre, le Quartier Latin… et bien sûr tous les autres lieux touristiques.

– Peut-être que je pourrais revenir à Oxford avec toi… et si Doug lui aussi vient voir Adam… Eh ! Chesh ! Viens mon beau Minou.

– Ron, ron, Doug m'a dit que tu me cherchais. Si tu as des choses à me dire, tu peux nous rejoindre sur ma branche, j'ai une petite heure à moi avant d'aller faire ma ronde dans les jardins avoisinants, dit Chesh, en s'éloignant nonchalamment vers les grands arbres au fond du jardin.

– Léa, je vais là-bas, dit Alice.

– D'accord, moi, je bouquine, dit Léa qui ouvre les œuvres complètes de Lewis Carroll.

Alors qu'Alice se dirige vers le fond du jardin, son portable sonne. C'est un texto d'Aude, qui lui dit :

« Il y a des koalas dans la forêt près de Wangi Wangi, et ça, c'est vraiment pas banal ! » « Ah bon ? » pense Alice, puis elle lui répond qu'à Oxford, il y a un chat qui parle… et ça, ça n'est pas banal non plus ! Elle rejoint Doug et Chesh perchés sur la même branche du même grand arbre, qui est devenu pour eux trois, une sorte de *chat room*. Là, à l'abri des oreilles indiscrètes et comme le lui a conseillé W. T., Alice raconte à Chesh, en chuchotant (deux précautions valent mieux qu'une) ce qui s'est passé dans le grenier de Mr Terhatdam.

– Ron, ron, ne nous affolons pas… Il nous reste… Quelle heure est-il Alice ?

– 11 heures.

– Ron, il nous reste donc un peu plus de 24 heures pour trouver une solution à cette devinette… Ron, alors vous dites que vous avez vu ce grand secrétaire et l'échiquier qui était posé dessus, c'est bien cela ?

– Oui.

– Ron, ron, et dans un tiroir il y avait le bocal avec les deux yeux ? Entre nous, je me demande bien pourquoi ce bocal était rangé là. Quand on est un secrétaire mieux vaut ne pas avoir les yeux, dans son tiroir… Enfin, ron, passons… Eh ! Attendez !… MIAOU ! BON SANG, MAIS C'EST BIEN SÛR !

Chesh a ronronné si fort qu'Alice et Doug ont failli tomber de la branche !

– Oh excusez, vous savez j'ai exercé le métier de détective dans une autre vie et il y a des phrases qui me reviennent comme ça… Ron, pour en revenir à notre affaire, la solution saute aux yeux !

– Ah bon ? Mais pourquoi les reines ? commence Alice.

– Pour surveiller bien sûr et essayer de te mettre des bâtons* dans les roues… je veux dire, des parapluies dans les pattes… euh… dans les jambes. Mais attention Alice, tu prends des risques de nommer ouvertement de si dangereux personnages, dit Chesh.

– Je croyais qu'avec toi ici…

– Oui, bien sûr, j'ai un certain effet sternutatoire.

– Qu'est-ce que c'est sternu… ?

– Qui fait éternuer.

– Ah…

– Mais ce n'est pas toujours efficace à cent pour cent.

En effet, les deux nouvelles et TRÈS importantes clientes de la Green Field House, qui s'étaient réfugiées à l'autre bout du jardin, près du mur, afin de surveiller les allées et venues de tous les pensionnaires – et en particulier d'Alice –, se lèvent soudain et se précipitent vers l'arbre où Chesh, Alice et Doug sont assis. Heureusement, Chesh fait le dos rond et crache un bon coup sur elles, ce qui les fait éternuer et déguerpir à toutes jambes.

– Ron, ron, reprenons. En anglais, la devinette est : « *Why is a raven like a writing desk?* », Alice, tu dois examiner les mots les plus importants et établir entre eux un rapport, qui n'est pas forcément visible au premier coup d'œil, dit-il en insistant sur ce dernier mot. Mais je ne peux pas t'en dire plus, Alice, car tu dois trouver la réponse toi-même. Bien sûr étant donné que tu es française, Doug peut t'aider car parler anglais est utile dans cette affaire… Miaou.

– Merci, mon beau Minou. Je crois que j'ai une idée. Je pense que ces yeux que nous avons vus étaient peut-être des indices, dit Alice en se tournant vers Doug.

Et pendant un long moment, Alice et Doug discutent sur la branche de l'arbre. Chesh, lui, surveille du coin de l'œil, tout en ronronnant le plus fort possible, les mouvements des deux reines assises près du mur, à l'autre bout du jardin.

Celles-ci tendent l'oreille aussi loin qu'elles peuvent (ceci n'étant bien sûr possible qu'à des reines, car tout le monde sait que ces gens-là ont le bras long et souvent, les oreilles aussi !).

– *Can you hear anything?* dit l'une.

– *No, just that infernal motor mouth of a cat!* dit l'autre.

Enfin Alice et Doug descendent de l'arbre.

– Alors les deux oiseaux ? C'était long ce conciliabule*, dit Léa.

– Oui, mais je crois qu'on a trouvé une solution à la devinette ! annonce Alice.

– Mais c'est génial ça !

Chapter 14
The Tea Party & Test

"Hello, Alice, Léa. Fancy bumping into you again. Are you going to the Tea Party this afternoon?"

"Hello, Mr Semoudor, yes we are," Léa answers.

"We were just finishing up our shopping. I bought this fluffy ball for my cat, do you like it?" Alice asks.

"Well, yes… It's… a wonderful idea," Mr Semoudor says. "So we'll be seeing you at the Tea Party then. Goodbye."

"Goodbye, Mr Semoudor."

By the time Alice and Léa finish their shopping, it's almost time for the Tea Party & Test.

When Alice and Léa arrive in front of the entrance to Christ Church at precisely two minutes to three, Doug and Adam are already there, and their parents are with them too.

"Are you here for the 'Tea Party & Test'?" the porter in his bowler hat asks.

"Yes," Alice says.

"Well, in that case, I advise you to take this corridor and follow the arrows to the quadrangle."

The quadrangle they enter is the same beautiful garden they saw at the first Tea Party, which seems like such a long time ago now. The same people are there, chatting on the lawn or sitting at tables drinking tea and eating cakes. Mr Oddo, Mr Semoudor and Mr Larpilterca are there too. There's a platform decorated with pikes, and in one corner on the platform is a writing desk with a raven seated behind it!

The same butler leads them to the same long white table covered with plates of tiny sandwiches and all manner of cakes. A waitress has just finished serving them a cup of tea, when Mr Terhatdam comes rushing in, "Ladies and Gentleman, the Queens are coming!" he says, trying to make himself sound as important as possible.

"The Queens... the Queens are coming... the Queens are coming," the guests whisper excitedly.

In the middle of all this brouhaha, W. T., dressed head to toe in white, appears with his book under his arm and announces loudly, "LADIES AND GENTLEMEN, PLEASE RISE FOR THE QUEENS!"

Everybody falls silent and stands up. The Queen of Spades, with her pike in her right hand, walks into the quadrangle, flanked by the other two Queens, one carrying a white umbrella, the other a black one. They climb the steps to the platform and take their seats on a very wide bench in front of the assembly.

"My Dear Alice, by now you must have an answer ready for US to hear!" say the three Queens in unison.

"Yes Your Majesties, I have," says Alice in a small voice, looking uneasily at the Queens and the raven.

"SPEAK UP, CHILD!" the White Queen says.

"YES, YOUR MAJESTIES, I HAVE AN ANSWER!" Alice repeats very loudly.

"So, WE are WAITING!" the Black Queen says.

"The answer to the question 'Why is a raven like a

writing desk?' is, 'Because they both have two eyes!'"
Alice says.

The silence is palpable, no one dares to breathe.
They all look at each other confused, and somebody
faints. Alice, who thinks that nobody has understood,
explains.

"Your Highnesses, a raven has two eyes, and so does
a writing desk, because there are two 'i's in the word
writing. You see?" Alice says, after which she feels
obliged to curtsey* for some strange reason.

"Of course WE see, WE saw it straight away! In fact, because WE have six eyes white you only have two, WE saw it long before you did!" say the Queen of Spades. "And do stop bobbing up and down like a cork if you don't want the fish to eat you!"

"Yes, Your Highnesses. I… I… I… thought…" Alice says, keeping her knees as stiff as she possibly can.

"And do stop saying 'I'! WE are ALL very tired of you showing off!" the three Queens say.

As if to prevent some catastrophe, W. T. rushes up the steps to the platform, whereupon the Queen of Spades catches hold of him by the ear and nods her royal approval.

"The answer has been ACCEPTED!" cries W. T.

Everybody cheers and throws their scones and cups in the air. Then, as Alice looks on in amazement, W. T. opens his book, and a great swirl* of letters fly out from the pages like an enormous net, catching everyone in sight. The Queen of Spades, the Black Queen, the White Queen, Mr Oddo with his walking stick, Mr Semoudor, Mr Larpilterca and his strange pipe, all the members of the assembly, even the tea and the scones and all the tiny sandwiches, and finally W. Tibbar himself and Mr and Mrs Smith, Adam, Doug and Léa, are all caught up in the net, which flies back into the book, which then slams shut and promptly disappears!

Alice looks around the quadrangle, suddenly totally empty. Then she hears someone calling her name.

"Alice… Alice?"

Chapitre 15

Les retrouvailles

– Alice… Alice ? Réveille-toi, ma chérie ! Tu te rends compte qu'il est onze heures ?

– Maman ?

– Tu es en nage ! Tu aurais dû ouvrir la fenêtre, il fait vraiment chaud dans cette pièce. Allez, va vite te coucher, ma chérie, demain tu as cours.

– Oui… J'ai fait un drôle de rêve.

– Tu veux que je laisse entrer Naby ? Avec cet orage, il n'arrête pas de miauler devant ta porte.

– D'accord… Viens, Naby, mon gros Minou… Bonne nuit, Maman.

– Bonne nuit, ma chérie.

Quelques jours plus tard, Alice est dans sa chambre en train de finir son exposé pour son cours d'anglais, quand son père frappe à la porte.

– Alice, dit-il en entrant, Maman et moi avons réfléchi à ce séjour à Oxford que tu veux faire avec Léa, et nous avons décidé que tu pourras y aller.

– C'est vrai ?

– Oui, nous avons pensé que ce sera une bonne expérience pour toi, une sorte de petit séjour linguistique.

– Ça c'est génial ! Je vais téléphoner à Léa pour lui dire que c'est d'accord, dit Alice en sortant son portable. Allô Léa ?... Tu sais, pour Oxford, Papa et Maman sont d'accord... Tu te rends compte ?... Ça va être super !... Je savais que Maman... Alors tu viens quand ?... Attends, je regarde mon emploi du temps... Ben, justement demain, je sors de cours à deux heures... Oui, ça va être vraiment super cool !... Alors à demain !... Oui oui, moi aussi !... Gros bisous. Léa vient demain après-midi, dit Alice en se tournant vers son père. On va pouvoir regarder ensemble sur Internet pour réserver nos billets et une chambre dans une *guest house* !

Un mois plus tard, à leur arrivée à l'aéroport d'Heathrow à Londres, Alice et Léa prennent un car pour Oxford. Pendant le trajet, Alice, pleine d'enthousiasme, parle aux autres passagers en anglais à la moindre occasion.

– À ce rythme, tu vas faire beaucoup de progrès, lui dit Léa.

Lorsqu'elles arrivent enfin à la gare routière d'Oxford, Léa dit :

– La *guest house* n'est pas très loin, mais avec nos bagages, c'est mieux de prendre un taxi.

– Super ! Ce sont ces gros taxis noirs comme on en voit à Londres ! C'est la première fois que j'en prends un.

– Tu vas voir, ils sont vraiment confortables.

– Cool. Je peux dire l'adresse au chauffeur ? demande Alice.

– Bien sûr.

– *The Green Meadow House, Woodstock Road, please.*

– *At your service, Miss*, lui répond le chauffeur.

– T'as vu, il a tout compris, dit Alice.

– Oui, tu as un très bon accent, dit Léa.

Après avoir réglé le taxi, elles poussent la grille du jardin de la Green Meadow House. Léa s'apprête à sonner à la porte, quand un gros chat roux tigré, s'approche nonchalamment d'elles en ronronnant. Alice s'accroupit pour le caresser.

– *His name is Chesh*, dit l'hôtesse de la maison, qui vient d'ouvrir la porte.

– Chesh?! Non! C'est… c'est… toi, Chesh? C'est vraiment toi? dit Alice.

– *Miaow do you do?* répond Chesh.

BONUS

Vocabulaire / Vocabulary
Quiz
Alice au pays des merveilles
Lewis Carroll et les jeux de mots
Alice's Adventures in Wonderland

Bastingage : parapet bordant le pont d'un bateau.

Bâtons dans les roues (mettre des bâtons dans les roues) : créer des difficultés, des obstacles.

Conciliabule : conversation où l'on chuchote comme pour se confier des secrets.

Croisière : voyage d'agrément sur un bateau.

Dico : abréviation de « dictionnaire », livre où sont définis les mots.

Échiquier : plateau sur lequel on joue aux échecs, divisé en 64 cases noires et blanches.

Exposé : présentation sur un sujet précis, le plus souvent à l'oral.

Farfelu : bizarre, extravagant, fantasque.

Gardes (se tenir sur ses gardes) : être aux aguets, se méfier.

Grenier : dernier étage d'une maison, juste sous le toit.

Impromptu : improvisé, sans préparation.

Indice : élément (objet, trace…) qui indique quelque chose, qui permet d'avancer dans une enquête.

Lunatique : d'humeur changeante, bizarre.

Majordome : chef des domestiques, personnes chargées de faire le service, le ménage, chez les gens qui les emploient.

Moulinsart : nom du château du Capitaine Haddock dans *Tintin et Milou*, la bande dessinée d'Hergé.

Paléontologue : personne qui étudie les fossiles et les os des êtres vivants ayant vécu avant l'apparition de l'être humain, il y a des millions d'années.

Parchemin : peau d'animal préparée pour que l'on écrive dessus (le parchemin était utilisé avant l'invention du papier).

Pensionnaire : personne qui paie pour être logée et nourrie dans une maison, une pension.

Retraite (battre en retraite) : céder devant un adversaire, partir.

Ronchonneur : personne qui ronchonne, c'est-à-dire qui râle, proteste avec mauvaise humeur.

Superflu : inutile, en plus de ce qui est nécessaire.

Texto : ou SMS. Message écrit que l'on envoie par téléphone portable.

Universel : qui concerne tous les êtres humains. *Langue universelle :* langue commune à tous les peuples.

Aback (taken aback): startled and confused.

Abduct (to): to carry off by force, to kidnap.

Acquainted: when you have met someone but do not know him/her well.

Attic: room at the top of the house just below the roof.

Bowler hat: round, hard, black hat with a narrow curved brim.

Bro: short for "brother".

Butler: the chief manservant, who is in charge of the wines and the table.

Chessboard: square board that you play chess on, divided into 64 black and white squares.

Chock-a-block: full to bursting.

Clue: a hint or slight indication that helps solve a problem; object or mark that helps the police or a detective discover who committed a crime.

Cobweb: net which a spider makes for catching insects.

Curtsey: when a woman bends her knees while bowing her head and holding her skirt with both hands, as a way of showing respect.

Large (at large): free, and in a position to cause harm.

Lecture: formal talk or class on a particular subject.

Out of the blue: completely unexpected(ly).

Outback: isolated and remote part of a country, especially of Australia or New Zealand.

Pigeonhole: small compartment where mails, messages or documents can be left for a person.

Quadrangle: rectangular space or enclosure, surrounded by buildings, esp. in a college or public school in England.

Raven: large black bird.

Skylight: small window in a roof to admit daylight.

Suit someone to a T (to): to suit someone perfectly.

Swirl: shape of something that turns round very fast.

Toll (to take its/their): to have serious effect on someone, to harm.

Top hat: a tall, flat-topped hat worn by men on formal occasion.

Weirdo: (slang) from "weird", very strange, eccentric.

Whim: unimportant wish that often comes suddenly.

CHAPITRE 1

1. *Le père d'Alice pense*
a. qu'elle est trop jeune pour partir en Angleterre.
b. que quinze jours ce n'est peut-être pas assez long.

2. *W. T. les invite*
a. à boire le thé chez lui.
b. à une réception dans son College.
c. à une fête folklorique.

CHAPTER 2

3. From the top of Carfax Tower Alice sees
a. a mysterious stranger.
b. all the streets of Oxford.
c. W. T. in a hurry.

4. *What is the point of W. T.'s speech?*
a. He invites everybody to drink tea.
b. He tells a riddle and asks guests to solve it.
c. He threatens to cut his guests' heads off.

CHAPITRE 3

5. *De quoi parle le livre de W. T. ?*
a. Des Colleges d'Oxford.
b. Des devinettes.
c. De rien, il est vide.

6. *Quelle est la question dont parlent W. T. et Mr Oddo ?*
a. Pourquoi les barques ont-elles un fond plat ?
b. Pourquoi un corbeau ressemble-t-il à un secrétaire ?

CHAPTER 4

7. *Alice et Doug meet at the Botanic Garden.*
a. True
b. False

8. *What's so strange about W. T.'s book?*
a. All the pages are blank.
b. All the pages are black.
c. The letters have been mixed up.

CHAPITRE 5

9. *Que fait Alice dans le labyrinthe ?*
a. Elle s'est perdue.
b. Elle se promène toute seule.
c. Elle s'entraîne à sauter.

10. *Qui Alice y voit-elle ?*
a. La reine d'Angleterre.
b. La reine de pique.
c. Une reine de beauté.

CHAPTER 6

11. *Adam says that*
a. English people are not that quiet.
b. some English people are eccentric.
c. English people cook very well.

12. *If Mrs Cusshed had been the Queen she would have asked*
a. for Alice's head.
b. for the author's head.
c. to be in the chapter where the riddle was.

CHAPITRE 7

13. *Alice est réveillée par*
a. Doug.
b. Léa.
c. Chesh.

14. *Chesh a appelé Alice et Doug pour leur dire*
a. qu'il s'ennuyait.
b. qu'Alice devait arrêter de l'appeler mon gros minou.
c. qu'il était urgent qu'Alice trouve la solution de la devinette.

CHAPTER 8

15. *What do they see in the attic?*
a. A talking top hat.
b. A raven on a writing desk.
c. Eyeballs and a chessboard.

16. *What happened in the attic?*
a. The Queens attacked Alice.
b. The Queens ordered Alice to get out.
c. Alice knocked the Queens off the chessboard.

CHAPITRE 9

17. *Pendant leur croisière, Léa et Alice*
a. décident de se baigner.
b. tombent à l'eau.

18. *Alice pense que les reines les ont poussées.*
a. Vrai
b. Faux

CHAPTER 10

19. *Adam thinks*
a. that Léa should say that W. T. is an eccentric.
b. that W. T. is right to be worried.
c. that they shouldn't worry.

20. *Mr Larpilterca can help Alice.*
a. True.
b. False.

CHAPITRE 11

21. *Qui sont les deux dames dans le jardin ?*
a. Des reines d'Angleterre.
b. Les reines de l'échiquier.
c. De vieilles amies de Mrs Cusshed.

22. *W. T. donne rendez-vous à Alice et Léa pour*
a. leur dire de faire confiance à Chesh.
b. leur dire de se méfier des reines.
c. les inviter à une Tea Party.

CHAPTER 12

23. *The Queens sneeze in the park because they are allergic to*
a. cats.
b. grass.

24. *W. T. says that*
a. they should ask Chesh for help.
b. the rules say they should not ask for any help.

CHAPITRE 13

25. *Chesh dit*
a. que la solution à la devinette est simple.
b. qu'il faut faire semblant de sauter pour trouver la solution.

26. *Les reines arrivent si on prononce leur nom.*
a. Vrai.
b. Faux

CHAPTER 14

27. *Alice has solved the riddle.*
a. Vrai
b. Faux

28. *When W.T. opens his book,*
a. all the the pages are blank.
b. everything in the quadrangle except Alice disappears into it.
c. everybody runs away.

CHAPITRE 15

29. *En réalité, Alice*
a. rêvait.
b. lisait.
c. pensait.

30. *Alice part à Oxford.*
a. Vrai.
b. Faux.

Solutions p. 94

Alice's Adventures in Wonderland (*Alice au pays des merveilles*) est un roman écrit par Charles Lutwidge Dodgson, sous le pseudonyme de Lewis Carroll. Le livre a été publié le 4 juillet 1865 et a très vite connu un grand succès.

Il raconte l'histoire d'une petite fille, Alice. Assise dans l'herbe avec sa sœur qui lit un livre «sans images, ni dialogues», elle s'ennuie, quand elle voit passer un lapin blanc aux yeux roses vêtu d'une redingote rouge. Elle le suit dans son terrier et fait une chute interminable qui l'emmène au Pays des Merveilles, un monde peuplé de personnages bizarres où elle est confrontée au non-sens et à l'absurde. Elle rapetisse, grandit, fait la course avec des animaux, discute avec un chat qui sourit et disparaît à volonté, prend le thé avec un chapelier fou, un lièvre et un loir, discute avec un ver à soie et joue au croquet avec les personnages d'un jeu de cartes, dont une reine franchement pas sympathique. Puis elle se réveille et raconte à sa sœur son rêve merveilleux.

LA DEVINETTE

Dans le chapitre 6, le personnage du chapelier fou (*mad hatter*) propose cette devinette : "**Why is a raven like a writing-desk?**"

«Pourquoi un corbeau ressemble-t-il à un secrétaire ?» (voir extrait p. 92-93).

Lewis Carroll n'a, au départ, aucune intention de donner une solution à cette devinette. Mais, souvent questionné à ce propos, il finit par en donner une, en 1896, dans sa **nouvelle préface d'***Alice*.

"Enquiries have been so often addressed to me, as to whether any answer to the Hatter's Riddle can be imagined, that I may as well put on record here what seems to me to be a fairly appropriate answer: 'Because it can produce a few notes, tho they are very flat; and it is nevar put with the wrong end in front!' This, however, is merely an afterthought; the Riddle, as originally invented, had no answer at all."

La solution de Lewis Carroll pourrait se traduire par «Parce que cela produit quelques notes… qui sont, toutefois, très plates ; et que ça n'est jamais mis dans le mauvais sens.» Cependant il y a jeu de mots intraduisible : «Nevar», le mot «raven» épelé à l'envers, est mis à la place de «never» (jamais).

De nombreux lecteurs d'*Alice au pays des merveilles* ont cherché une solution à la devinette du chapelier fou.

Aldous Huxley, l'auteur du *Meilleur des Mondes*, a proposé en 1928 une solution qui respecte l'étrange logique des personnages du Pays des Merveilles, qui jouent en permanence avec les mots et leur sens : *"Because there's a b in both and there's a n in neither"* que l'on pourrait traduire par : «Parce qu'il y a un *d* dans les deux et qu'il y a un *n* dans aucun».

La solution inédite que propose Alice, l'humble héroïne de ce Dual Books, s'inscrit dans cette même logique. Gageons qu'elle n'aurait pas déplu à Lewis Carroll…

Lewis Carroll était mathématicien et enseignait à l'université d'Oxford à Christ Church. Tout jeune, pour amuser ses frères et sœurs, il inventait **des jeux de mots**. Il aimait les puzzles, les anagrammes, les devinettes et les problèmes mathématiques. Cette passion se reflète dans son œuvre, où la fantaisie et l'inventivité se côtoient.

Dans *Alice au pays des merveilles*, les jeux de mots sont nombreux et la logique du langage, le lien entre les mots et leur sens, est sans cesse mise en question. Les jeux de mots, les mots valises et les mots que Carroll invente sont souvent difficiles à traduire. Dans *De l'autre côté du miroir*, la suite d'*Alice au pays des merveilles,* un des personnages explique **les mots valises** :

"You see it's like a portmanteau – there are two meanings packed up into one word… Well then, 'mimsy' is 'flimsy' and 'miserable'… And a 'borogrove' is a thin shabby-looking bird with its feather sticking out all round – something like a live mop."

La traduction française pourrait être :

– Voyez-vous, c'est comme dans une valise, il y a deux significations dans le même mot… Bon, voyons, « mautile », c'est « futile » et « malheureux »… Et un « arronosquet » est un oiseau maigre d'apparence miteuse, dont les plumes dépassent de partout. C'est quelque chose comme un balai à franges vivant.

*
* *

Dans *Alice au pays des merveilles*, le personnage de la souris raconte une histoire, **A long tale**. Le mot anglais *tale* (histoire) se prononce comme l'autre mot anglais *tail* (queue). Il s'ensuit une amusante confusion entre la forme et le contenu :

"Mine is a long and sad tale!" said the Mouse… sighing.
"It is a long tail, certainly," said Alice looking down… at the Mouse's tail, "but why do you call it sad?" And she kept on puzzling about it while the Mouse was speaking, so her idea of the tale was something like this:

"Fury said to
a mouse, That
he met in the
house, 'Let
us both go
to law: I
will prose-
cute you.
Come, I'll
take no de-
nial; We
must have
a trial:
For really
This morn-
ing I've
nothing
to do.'
Said the
mouse to
the cur,
'Such a
trial, dear
Sir, With
No jury
or judge,
would
be wast-
ing our
breath.'
'I'll be
judge,
I'll be
jury,'
Said
cun-
ning
old
Fury:
'I'll
try
the
whole
cause,
and
con-
demn
you to
death.'"

«The Cat only grinned when it saw Alice. It looked good-natured, she thought: still it had very long claws and a great many teeth, so she felt that it ought to be treated with respect.

"Cheshire Puss," she began, rather timidly, as she did not at all know whether it would like the name: however, it only grinned a little wider. "Come, it's pleased so far," thought Alice, and she went on. "Would you tell me, please, which way I ought to go from here?"

"That depends a good deal on where you want to get to," said the Cat.

"I don't much care where," said Alice.

"Then it doesn't matter which way you go," said the Cat.

"So long as I get somewhere," Alice added as an explanation.

"Oh, you're sure to do that," said the Cat, "if you only walk long enough."

Alice felt that this could not be denied, so she tried another question. "What sort of people live about here?"

"In that direction," the Cat said, waving its right paw round, "lives a Hatter: and in that direction," waving the other paw, "lives a March Hare. Visit either you like: they're both mad."

"But I don't want to go among mad people," Alice remarked.

"Oh, you can't help that," said the Cat, "we're all mad here. I'm mad. You're mad."

"How do you know I'm mad?" said Alice.

"You must be," said the Cat, "or you wouldn't have come here."»

*
* *

«There was a table set out under a tree in front of the house, and the March Hare and the Hatter were having tea at it: a Dormouse was sitting between them, fast asleep. (…)

The Hatter opened his eyes very wide on hearing this, but all he said was, "Why is a raven like a writing-desk?"

"Come, we shall have some fun now!" thought Alice. "I'm glad they've begun asking riddles. I believe I can guess that," she added aloud.

"Do you mean that you think you can find out the answer to it?" said the March Hare.

"Exactly so," said Alice.

"Then you should say what you mean," the March Hare went on.

"I do," Alice hastily replied, "at least, I mean what I say, that's the same thing, you know."

"Not the same thing a bit!" said the Hatter. "You might just as well say that 'I see what I eat' is the same thing as 'I eat what I see'!"

"You might just as well say," added the March Hare, "that 'I like what I get' is the same thing as 'I get what I like'!"

"You might just as well say," added the Dormouse, who seemed to be talking in his sleep, "that 'I breathe when I sleep' is the same thing as 'I sleep when I breathe'!" (…)

"Have you guessed the riddle yet?" the Hatter said, turning to Alice again.

"No, I give it up," Alice replied, "what's the answer?"

"I haven't the slightest idea," said the Hatter.

"Nor I," said the March Hare.

Alice sighed wearily. "I think you might do something better with the time," she said, "than waste it in asking riddles that have no answers."»

*
* *

«"Stuff and nonsense!" said Alice loudly. "The idea of having the sentence first!"

"Hold your tongue!" said the Queen, turning purple.

"I won't!" said Alice.

"Off with her head!" the Queen shouted at the top of her voice. Nobody moved.

"Who cares for you?" said Alice (she had grown to her full size by this time). "You're nothing but a pack of cards!"

At this the whole pack rose up into the air, and came flying down upon her: she gave a little scream, half of fright and half of anger, and tried to beat them off, and found herself lying on the bank, with her head in the lap of her sister, who was gently brushing away some dead leaves that had fluttered down from the trees upon her face.

"Wake up, Alice dear!" said her sister. "Why, what a long sleep you've had!"

"Oh, I've had such a curious dream!" said Alice, and she told her sister, as well as she could remember them, all these strange Adventures of hers that you have just been reading about.»

Lewis Carroll, *Alice's Adventures in Wonderland*, chapters VI, VII, XII, 1865.

1 a	11 b	21 b
2 b	12 b	22 a/b/c
3 c	13 c	23 a
4 b	14 c	24 a
5 c	15 c	25 a
6 b	16 c	26 a
7 a	17 b	27 a
8 c	18 a	28 b
9 a	19 c	29 a
10 b	20 b	30 a

Score

● Tu as moins de 15 bonnes réponses.
Less than 15 correct answers

→ Tu n'as sans doute pas aimé l'histoire…
Didn't you like the story?

● Tu as de 15 à 20 bonnes réponses.
Between 15 and 20 correct answers

→ Y a-t-il une langue où tu te sens moins à l'aise ?
Which language is more challenging for you?

● Tu as de 20 à 25 bonnes réponses.
Between 20 and 25 correct answers

→ Bravo !
Tu as lu attentivement !
Congratulations.
You read attentively!

● Tu as plus de 25 bonnes réponses.
More than 25 correct answers

→ On peut dire que tu es un vrai lecteur bilingue !
You really are a "dual reader"!

Table des matières / Table of Contents

BONUS

Achevé d'imprimer en France par France Quercy.
N° d'imprimeur : 90129a